© EDITORIAL ANDRÉS BELLO
Av. Ricardo Lyon 946, Santiago de Chile

Registro de Propiedad Intelectual
Inscripción Nº 111.473, año 1999
Santiago - Chile

Se terminó de imprimir esta primera edición
de 8.000 ejemplares en el mes de noviembre de 1999

IMPRESORES: Productora Gráfica Andros Ltda.

IMPRESO EN CHILE / PRINTED IN CHILE

ISBN 956-13-1606-4

POEMAS Y CANTARES
DE AMÉRICA Y EL MUNDO

SELECCIÓN DE
VIOLETA DIÉGUEZ Y AMELIA ALLENDE

ILUSTRACIONES DE
ANDRÉS JULLIAN

EDITORIAL ANDRÉS BELLO
Barcelona • Buenos Aires • México D.F. • Santiago de Chile

NOTA PRELIMINAR

Son muchos los factores que influyen en la preparación de una selección como ésta, además de las preferencias particulares y de los objetivos propuestos al programar el volumen. Hemos procurado tomar en cuenta también las preferencias de los niños. Sin embargo, como toda selección, ésta puede ser discutible. Son muchos los poemas que hubiéramos querido incluir, pero siempre hay límites.

El poeta Humberto Díaz Casanueva (*Selección de Poemas para los niños*, 1928), destacaba la importancia del "colorido y figuración plástica" a la hora de seleccionar poemas para los niños. Y explicaba: "Ya el niño se interesa por el sentido del verso, sin descuidar su investidura rítmica. El verso debe, entonces, tener una equivalencia de imagen...". Y más adelante, se refería a la gran resonancia que podía tener la poesía entre los adolescentes: "La poesía desliza su trascendencia subjetiva y exaltativa —señalaba—. En su esfera, toma vuelo la exaltación y sublimización del sentimiento. El niño, en esta edad está frente a la vida..." Y la poesía puede contribuir poderosamente a hacer que esta vida sea más bella.

En esta selección presentamos una serie de poemas divididos en seis temas, aunque muchos de ellos podrían haber figurado en dos o más capítulos. Es que en la poesía, como en numerosos momentos de la vida, el dolor y la alegría van unidos.

"Cantar de mañana…
Cantar luminoso…"

(Cantares)

CANTOS NUEVOS

Federico García Lorca

Dice la tarde: "¡Tengo sed de sombra!"
Dice la luna: "Yo, sed de luceros."
La fuente cristalina pide labios
y suspira el viento.

Yo tengo sed de aromas y de risas,
sed de cantares nuevos
sin lunas y sin lirios,
y sin amores muertos.

Un cantar de mañana que estremezca
a los remansos quietos
del porvenir. Y llene de esperanza
sus ondas y sus cienos.

Un cantar luminoso y reposado
pleno de pensamiento,
virginal de tristezas y de angustias
y virginal de ensueños.

Cantar sin carne lírica que llene
de risas el silencio
(una bandada de palomas ciegas
lanzadas al misterio).

Cantar que vaya al alma de las cosas
y al alma de los vientos
y que descanse al fin en la alegría
del corazón eterno.

LAS PALABRAS
Robinson Saavedra

Las palabras
son como las semillas,
según donde las siembres
cantan, se apagan o brillan.

Las palabras
son como los duendes de ilusión,
conocen todos los secretos
de tu corazón.

Las palabras
son como cajitas de música
si tú aprendes a abrirlas
te entregan su azúcar.

Pero, también has de saber
que hay palabras sin sol
inventadas por gentes
que no conocen el amor.

Y que hay otras,
eternas
e inmensas como el día,
creadas por los pueblos
para alumbrar la vida.

Y otras amables,
pequeñitas,
llenas de miel como un panal,
inventadas por los poetas
para cantar.

RIMA
Gustavo Adolfo Bécquer

¡Quién fuera luna,
quién fuera brisa,
quién fuera sol!
¡Quién del crepúsculo
fuera la hora,
quién el instante
de tu oración;
quién fuera parte
de la plegaria
que solitaria
mandas a Dios!
¡Quién fuera luna,
quién fuera brisa,
quién fuera sol!...

VERSOS SENCILLOS
José Martí

Si ves un monte de espumas
es mi verso lo que ves:
mi verso es un monte, y es
un abanico de plumas.

Mi verso es como un puñal
que por el puño echa flor:
mi verso es un surtidor
que da un agua de coral.

Mi verso es de un verde claro
y de un carmín encendido:
mi verso es un ciervo herido
que busca en el monte amparo.

Mi verso al valiente agrede:
mi verso breve y sincero,
es del vigor del acero
con que se funde la espada.

CANCIÓN TONTA

Federico García Lorca

Mamá.
Yo quiero ser de plata.

Hijo,
tendrás mucho frío.

Mamá.
Yo quiero ser de agua.

Hijo,
tendrás mucho frío.

Mamá.
Bórdame en tu almohada.

¡Eso sí!
¡Ahora mismo!

CANCIÓN DE LAS PREGUNTAS
José Sebastián Tallón

¿Por qué no puedo acordarme
del instante en que me duermo?

¿Por qué nadie puede estar
sin pensar nada un momento?

¿Por qué si no sé qué dice
la música la comprendo?

¿Quién vio crecer una planta?
¿A qué altura empieza el cielo?

¿De qué color es la Luna?
¿Por qué no hay ángeles negros?

¿Por qué no puedo correr
cuando me corren en sueños?

CANCIÓN DEL NIÑO QUE VUELA
José Sebastián Tallón

El niño dormido está,
¡y qué sueño está soñando!
¿Qué sueña? Sueña que vuela.
¡Qué bien se vuela soñando!

Abre los brazos, los mueve
como un ave, y va volando…
¿Qué sueña? Que no es un sueño.
¡Qué bien se sueña volando!

En la cuna quieto está.
Pero sonríe, soñando.
¿Qué sueña? Que vuela, vuela.
¡Qué bien se vuela soñando!

LA PLAZA TIENE UNA TORRE
Antonio Machado

La plaza tiene una torre
la torre tiene un balcón,
el balcón tiene una dama,
la dama una blanca flor.

Ha pasado un caballero,
¡quién sabe por qué pasó!
y se ha llevado la plaza,
con su torre y su balcón,
con su balcón y su dama,
su dama y su blanca flor.

ES VERDAD
Federico García Lorca

¡Ay qué trabajo me cuesta
quererte como te quiero!

Por tu amor me duele el aire,
el corazón
y el sombrero.

¿Quién me compraría a mí
este cintillo que tengo
y esta tristeza de hilo
blanco para hacer pañuelos?

¡Ay qué trabajo me cuesta
quererte como te quiero!

CHIRIPA

Rubén Darío

Casi casi me quisiste;
casi casi te he querido:
si no es por el casi casi,
casi me caso contigo.

YA SE VAN LOS PASTORES
Anónimo español

Ya se van los pastores
de la Extremadura,
ya se queda la sierra
triste y oscura.

Ya se van los pastores
ya se van marchando;
más de cuatro zagalas
quedan llorando.

Ya se van los pastores
hacia la majada,
ya se queda la sierra
triste y callada.

"Anduvo… Anduvo… Anduvo…"

(Historias, romances, cuentos…)

CAUPOLICÁN
Rubén Darío

Es algo formidable que vio la vieja raza:
robusto tronco de árbol al hombro de un campeón
salvaje y aguerrido, cuya fornida maza
blandiera el brazo de Hércules o el brazo de Sansón.
Por casco, sus cabellos; su pecho por coraza:
pudiera tal guerrero, de Arauco en la región,
lancero de los bosques, Nemrod que todo caza,
desjarretar un toro y estrangular un león.
Anduvo…, anduvo…, anduvo… Lo vio la luz del día,
lo vio la tarde pálida, lo vio la noche fría,
y siempre el tronco de árbol a cuestas del titán.
¡El toqui! ¡el toqui! clama la conmovida casta.
Anduvo…, anduvo…, anduvo… La aurora dijo:
                                          [¡Basta!,
e irguióse la alta frente del gran Caupolicán.

EN EL FONDO DEL LAGO

Diego Dublé Urrutia

Soñé que era muy niño, que estaba en la cocina
escuchando los cuentos de la vieja Paulina.
Nada había cambiado: el candil en el muro,
el brasero en el suelo y en un rincón oscuro
el gato, dormitando. La noche estaba fría
y el tiempo tan revuelto, que la casa crujía…
Se escuchaba a lo lejos ese rumor de pena
que sollozan las olas al morir en la arena,
y a intervalos más largos esos vagos aullidos
con que piden auxilio los vapores perdidos.
Nosotros, los chiquillos, oíamos el cuento
sentados junto al fuego, y como entrara el viento
por unos vidrios rotos, su frente medio cana,
la vieja se cubría con su chalón de lana.

Era un cuento muy bello:
Tres príncipes hermanos
que se fueron por mares y países lejanos
tras la bella princesa que la mano de un hada
en un lago sin fondo mantenía encantada.
El mayor, que fue al norte, no regresó en su vida;
el otro, que era un loco, pereció en la partida;
y el menor, que era un ángel por lo adorable y bello,
llegó al fondo del lago sin perder un cabello…

Allá abajo, en el fondo, vio paisajes divinos,
castillos encantados de muros cristalinos
y en un palacio inmenso, de infinita belleza,
encerrada y llorando, vio a la pobre princesa.
Se encontraron sus ojos, se adoraron al punto
y lo demás fue cosa de poquísimo asunto,
pues al verlos tan bellos como el sol y la aurora,
el hada, que era buena, los casó sin demora.

—Así acabó la historia de aquella noche. El gato
se despertó gruñendo, desperezóse un rato
y se durmió de nuevo. Zumbó la ventolina
en el cañón, ya frío, de la vieja cocina...
Se levantó un chicuelo y sin hacer ruido
enhollinó la cara de otro chico dormido...
Yo me quedé soñando con el príncipe amado
por la bella princesa, con el lago encantado
y también con los tristes y apartados desiertos
donde duermen los huesos de los príncipes muertos.

LA POBRE VIEJECITA
Rafael Pombo

Érase una viejecita
sin nadita qué comer
sino carnes, frutas, dulces,
tortas, huevos, pan y pez.

Bebía caldo, chocolate,
leche, vino, té y café,
y la pobre no encontraba
qué comer ni qué beber.

Y esta vieja no tenía
ni un ranchito en qué vivir,
fuera de una casa grande
con su huerta y su jardín.

Nadie, nadie la cuidaba,
sino Andrés y Juan y Gil
y ocho criados y dos pajes
de librea y corbatín.

Nunca tuvo en qué sentarse,
sino sillas y sofás
con banquitos y cojines
y resorte al espaldar.

Ni otra cama que una grande
más dorada que un altar,
con colchón de blanda pluma,
mucha seda y mucho holán.

Y esta pobre viejecita
cada año, hasta su fin,
tuvo un año más de vieja
y uno menos que vivir.

Y al mirarse en el espejo
la espantaba siempre allí
otra vieja de antiparras,
papalina y peluquín.

Y esta pobre viejecita
no tenía qué vestir
sino trajes de mil cortes
y de telas mil y mil.

Y a no ser por sus zapatos,
chanclas, botas y escarpín,
descalcita por el suelo
anduviera la infeliz.

Apetito nunca tuvo fin,
acabando de comer,
ni gozó salud completa
cuando no se hallaba bien.

Se murió de mal de arrugas,
ya encorvada como un tres,
y jamás volvió a quejarse
ni de hambre ni de sed.

Y esta pobre viejecita
al morir no dejó más
que onzas, joyas, tierras, casas
ocho gatos y un turpial.

Duerma en paz, y Dios permita
que logremos disfrutar
las pobrezas de esa pobre
y morir del mismo mal.

EL CONGRESO DE RATONES

Lope de Vega

Juntáronse los ratones
para librarse del gato,
y, después de un largo rato
de disputas y opiniones,
dijeron que acertarían
en ponerle un cascabel;
que andando el gato con él
guardarse mejor podrían.

—¡Pensamiento agudo a fe!
—Dijo un ratón literato,
fingiendo cojear de un pie—:
¡A ver, señores! ¿quién le
pone el cascabel al gato?

SONATINA
Rubén Darío

La princesa está triste. ¿Qué tendrá la princesa?
Los suspiros se escapan de su boca de fresa,
que ha perdido la risa, que ha perdido el color.
La princesa está pálida en su silla de oro,
está mudo el teclado de su clave sonoro,
y en un vaso, olvidada, se desmaya una flor.

El jardín puebla el triunfo de los pavos reales.
Parlanchina, la dueña dice cosas banales
y, vestido de rojo, piruetea el bufón.
La princesa no ríe, la princesa no siente;
la princesa persigue por el cielo de Oriente
la libélula vaga de una vaga ilusión.

¿Piensa acaso en el príncipe de Golconda o de
[China,
o en el que ha detenido su carroza argentina
para ver de sus ojos la dulzura de luz,
o en el Rey de las Islas de las Rosas fragantes,
o en el que es soberano de los claros diamantes,
o en el dueño orgulloso de las perlas de Ormuz?

¡Ay! la pobre princesa de la boca de rosa
quiere ser golondrina, quiere ser mariposa,

tener alas ligeras, bajo el cielo volar;
ir al sol por la escala luminosa de un rayo,
saludar a los lirios con los versos de Mayo,
o perderse en el viento sobre el trueno del mar.

Ya no quiere el palacio, ni la rueca de plata
ni el halcón encantado, ni el bufón escarlata,
ni los cisnes unánimes en el lago de azur.
Y están tristes las flores por la flor de la corte,
los jazmines de Oriente, los nelumbos del Norte,
de Occidente las dalias y las rosas del Sur.

¡Pobrecita princesita de los ojos azules!
Está presa en sus oros, está presa en sus tules,
en la jaula de mármol del palacio real;
el palacio soberbio que vigilan los guardas,
que custodian cien negros con sus cien alabardas,
un lebrel que no duerme y un dragón colosal.

¡Oh, quién fuera hipsipila que dejó la crisálida!
(La princesa está triste. La princesa está pálida.)
¡Una visión adorada de oro, rosa y marfil!
¡Quién volara a la tierra donde un príncipe existe
(La princesa está pálida. La princesa está triste)
más brillante que el alba, más hermoso que Abril!

"Calla, calla, princesa —dice el hada madrina—;
en caballo con alas, hacia acá se encamina,

en el cinto la espada, y en la mano el azor,
el feliz caballero que te adora sin verte,
y que llega de lejos, vencedor de la Muerte,
a encenderte los labios con su beso de amor".

LA PRINCESA MARIPOSA

Leon Tolstoi

Hubo en la India una princesa
que ostentaba un gran tesoro,
pues su cabello era de oro,
según la fama confiesa.

La madrastra siempre en riña,
hizo del odio su ley,
y un día le pidió al rey,
que desterrase a la niña.

Como armó tal desconcierto
con su esposo, la princesa
fue llevada como presa,
dejándola en el desierto.

De tal ardiente región
siguiendo un extraño norte,
salió, llegando a la corte
cabalgando en un león.

Esto pasó al quinto día,
y la madrastra indignada,
hizo que fuese llevada
a otra región más sombría.

A una salvaje montaña
poblada de buitres ruines;
pero éstos, con raros fines
y de una manera extraña,

al cuarto día en la ley
del tiempo, se la llevaron
a la corte y la dejaron
en la presencia del rey.

Viendo la madrastra aquello,
en sus odios siempre alerta,
deportó a una isla desierta
a la del rubio cabello.

Mas no pudo conseguir
nada con tantos rigores,
pues algunos pescadores
volviéronla a conducir.

Entonces en patio estrecho,
mandó un pozo socavar,
donde la hizo sepultar,
cubriéndole con un techo.

Seis días después, la fama
solemnemente asegura
que a través de aquella dura
piedra, brotaba una llama.

Ver en qué el prodigio estriba
quiso el rey, y abriendo el pozo,
el profundo calabozo,
devolvió a la niña viva.

La madrastra en su odio injusto,
pensando siempre en el mal,
hizo ahuecar de un nogal
el tronco duro y robusto.

En él metió a la princesa,
luego el árbol fue arrancado,
y en las olas sepultado
con la desdichada presa.

Mas cumplido el novenario,
el mar en ebullición,
a las costas del Japón
echó el árbol funerario.

En la corteza se enreda
un hacha bien manejada,
y así salió transformada
en un gusano de seda.

Trepó el tronco por las rojas
hendeduras de su traje,
y ganando ya el ramaje,
empezó a roer las hojas.

Quedó un día como muerto,
y cuando el tiempo pasó
igual a aquel que vivió
la princesa en el desierto,

la gente le vio bullir,
nutrirse otra vez de nuevo
con las hojas, y el sosiego
recobrar para dormir.

En fin, del viento al arrullo.
Y ya en un plazo cumplido,
despertóse convertido
en un dorado capullo.

De él salió una mariposa
que empezó a revolotear,
hasta que se fue a posar
en el cáliz de una rosa.

Y ya no quiso tornar
a su paternal morada,
le gustó más bien quedar
en mariposa dorada.

Por eso es que en las hermosas
mañanas primaverales,
las doradas mariposas
parecen princesas reales.

LOS DOS PRÍNCIPES

José Martí

I

El palacio está de luto,
y en el trono llora el rey,
y la reina está llorando
donde no la pueden ver:
en pañuelo de holán fino
lloran la reina y el rey.
Los señores del palacio
están llorando también.
Los caballos llevan negro
el penacho y el arnés;
los caballos no han comido,
porque no quieren comer.
El laurel del patio grande
quedó sin hojas esta vez:
todo el mundo fue al entierro
con coronas de laurel.
¡El hijo del rey se ha muerto!
¡Se le ha muerto el hijo al rey!

II

En los álamos del monte
tiene su casa el pastor;
la pastora está diciendo:

"¿Por qué tiene luz el sol?"
Las ovejas, cabizbajas,
vienen todas al portón.
Una caja larga y honda
está forrando el pastor.
Entra y sale un perro triste,
canta allá dentro una voz.
"Pajarito, yo estoy loca;
llévame donde él voló"
El pastor coge llorando
la pala y el azadón,
abre en la tierra una fosa,
echa en la fosa una flor.
¡Se quedó el pastor sin hijo!
¡Murió el hijo del pastor!

ROMANCE DE DELGADINA
Anónimo

Un rey tenía tres hijas,
tres hijas como la plata,
la más chica de las tres,
Delgadina se llamaba.
Un día estando comiendo,
dijo al rey que la miraba:
—Delgada estoy, padre mío,
porque estoy enamorada.
—Venid, corred, mis criados,
a Delgadina encerradla,
si os pidiese de comer,
dadle la carne salada;
si os pidiese de beber,
dadle la hiel de retama,
y la encerraron al punto
en una torre muy alta.
Delgadina se asomó
por una estrecha ventana,
y desde allí vio a sus hermanos
jugando al juego de cañas.
—Hermanos, por compasión,
dadme un poquito de agua,
que tengo el corazón seco
y a Dios entrego mi alma.

—¡Quítate de ahí, Delgadina,
que eres una descastada;
si mi padre el rey te viera,
la cabeza te cortara.
Delgadina se quitó
muy triste y desconsolada;
luego se volvió a asomar
a aquella misma ventana;
a sus hermanas las vio
bordando ricas toallas.
—¡Hermanas, por compasión,
dadme un poquito de agua;
que el corazón tengo seco
y a Dios entrego mi alma.
—¡Quítate de ahí, Delgadina,
que eres una descastada;
si mi padre el rey te viera
la cabeza te cortara.
Delgadina se quitó muy triste
muy triste y desconsolada;
cuando se volvió a asomar
a aquella estrecha ventana,
a su madre apercibió
hilando copos de lana.
—Madre mía, la mi madre,
dadme un poquito de agua;
que tengo el corazón seco,
y a Dios entrego mi alma.

—Venid, corred, mis criados,
a Delgadina dad agua,
unos en jarros de oro,
otros en jarros de plata.
Cuando llegaron a ella
la encontraron muy postrada;
la Magdalena a sus pies,
cosiéndole la mortaja;
el dedal era de oro;
la agujita de plata;
los ángeles del Señor
bajaban ya por su alma.
¡Las campanas de la gloria
ya por ella repicaban!

EL REY DE LOS SILFOS
J. W. Goethe

¿Quién cabalga en altas horas
entre la noche y el viento?
Al niño calienta el padre
estrechándolo en el pecho.

—Hijo, ¿temes?, ¿qué te ocultas?
—Al rey de los silfos veo
corona y manto flotante.
—No temas, hijo, es el viento.

—*Ven niño hermoso, conmigo;*
juntos los dos jugaremos.
Vestido de oro andarás
entre flores y arroyuelos.

—Padre, padre, ¿no has oído
lo que me dice en secreto?
—Tranquilízate, hijo mío;
en las hojas zumba el viento.

—*¿Quieres venirte? Mis hijas*
te atenderán niño bello;
danzan y cantan de noche;
te arrullarán en tu lecho.

—¿Las hijas del rey no ves,
padre, en la sombra, a lo lejos?
—Hijo mío, son los sauces
que sacude y mece el viento.

—*A la fuerza, si no cedes,*
te llevaré, pues te quiero.
—¡Ay, padre, el rey de los silfos
me arrebata, tengo miedo!

El padre azuza el caballo,
tiene al niño más estrecho;
llega al hogar, y se encuentra
al niño en sus brazos muerto.

(Traducción de R. Pombo)

CANCIÓN DEL PIRATA

José de Espronceda

Con diez cañones por banda,
viento en popa, a toda vela,
no corta el mar, sino vuela
un velero bergantín:
bajel pirata que llaman
por su bravura, el *Temido,*
en todo mar conocido,
del uno al otro confín.

La luna en el mar riela,
en la lona gime el viento
y alza en blando movimiento
olas de plata y azul;
y ve el capitán pirata,
cantando alegre en la popa,
Asia a un lado, al otro Europa,
y allá a su frente Estambul.
"Navega, velero mío,
sin temor…
Veinte presas
hemos hecho
a despecho
del inglés,
y han rendido
sus pendones

cien naciones
a mis pies.
"Que es mi barco mi tesoro,
que es mi Dios la libertad,
mi ley la fuerza y el viento,
mi única patria la mar.
"Allá muevan feroz guerra
ciegos reyes
por un palmo más de tierra,
que yo tengo aquí por mío
cuanto abarca el mar bravío,
a quien nadie impuso leyes.
Y no hay playa,
sea cualquiera,
ni bandera
de esplendor
que no sienta
mi derecho
y dé pecho
a mi valor.

"En las presas
yo divido
lo cogido
por igual:
sólo quiero
por riqueza
la belleza
sin rival.

"¡Sentenciado estoy a muerte!
Yo me río:
no me abandone la suerte,
y al mismo que me condena,
colgaré de alguna antena
quizá en su propio navío.
"Y si caigo
¿qué es la vida?
Por perdida
ya la di
cuando el yugo
del esclavo
como un bravo,
sacudí.

"Y del trueno
al son violento,
y del viento
al rebramar,
yo me duermo
sosegado,
arrullado
por el mar.
"Que es mi barco mi tesoro,
que es mi Dios la libertad,
mi ley la fuerza y el viento,
mi única patria la mar."

(Fragmento)

"Verde verderol"

(Naturaleza)

VERDE VERDEROL
Juan Ramón Jiménez

Verde, verderol,
¡endulza la puesta de sol!

Palacio de encanto,
el pinar tardío
arrulla con llanto
la huida del río.
Allí el río umbrío
tiene el verderol.

Verde, verderol,
¡endulza la puesta de sol!

La última brisa
es suspiradora;
el sol rojo irisa
al pino que llora.
¡Vaga y lenta hora
nuestra, verderol!

Verde, verderol,
¡endulza la puesta de sol!

Soleada y calma;
silencio y grandeza.
La choza del alma
se encoge y reza.
Y de pronto, ¡oh belleza!
canta el verderol.

Verde, verderol,
¡endulza la puesta de sol!

Su canto enajena
(¿Se ha parado el viento?)
El campo se llena
de su sentimiento.
Malva es el lamento
verde el verderol.

Verde, verderol,
¡endulza la puesta de sol!

ÁRBOLES

J. Torres Bodet

PALMERAS

Con plumeros de esmeralda
querían limpiar de nubes
el cielo de la mañana.

ÁLAMO

No sabía qué comprar
con sus hojitas de plata
el álamo en el bazar.

CIPRÉS

El muerto quería ver
a su novia ¡tan lejana!
Por eso creció el ciprés.

CAZADOR

Federico García Lorca

¡Alto pinar!
Cuatro palomas por el aire van.

Cuatro palomas
vuelan y tornan.
Llevan heridas
sus cuatro sombras.

¡Bajo pinar!
Cuatro palomas en la tierra están.

CORTARON TRES ÁRBOLES

Federico García Lorca

Eran tres.
(Vino el día con sus hachas.)
Eran dos.
(Alas rastreras de plata.)
Era uno.
Era ninguno.
(Se quedó desnuda el agua.)

AGUA, ¿DÓNDE VAS?…

Federico García Lorca

Agua, ¿dónde vas?

Riyendo voy por el río
a las orillas del mar.

Mar, ¿adónde vas?

Río arriba voy buscando
fuente donde descansar.

Chopo, y tú ¿qué harás?

No quiero decirte nada.
Yo… ¡temblar!

¿Qué deseo, qué no deseo,
por el río y por la mar?

(Cuatro pájaros sin rumbo
en el alto chopo están.)

LA ROSA BLANCA
José Martí

Cultivo una rosa blanca,
en junio como en enero,
para el amigo sincero
que me da su mano franca.
Y para el cruel, que me arranca
el corazón con que vivo,
cardo ni ortiga cultivo:
cultivo una rosa blanca.

TRES ÁRBOLES
Gabriela Mistral

Tres árboles caídos
quedaron a la orilla del sendero.
El leñador los olvidó, y conversan
apretados de amor como tres ciegos.

El sol de ocaso pone
su sangre viva en las hendidos leños.
¡Y se llevan los vientos la fragancia
de su costado abierto!

Uno, torcido, tiende
su brazo inmenso de follaje trémulo
hacia otro, y sus heridas
como dos ojos son, llenos de ruego.

El leñador los olvidó. La noche
vendrá. Estaré con ellos.

Recibiré en mi corazón sus mansas
resinas. Me serán como de fuego.
¡Y mudos y ceñidos
nos halle el día en un montón de duelo!

LA HIGUERA

Juana de Ibarbourou

Porque es áspera y fea
porque todas sus ramas son grises
yo le tengo piedad a la higuera.

En mi quinta hay cien árboles bellos:
ciruelos redondos,
limoneros rectos
y naranjos de brotes lustrosos.

En las primaveras
todos ellos se cubren de flores
en torno a la higuera.
Y la pobre parece tan triste
con sus gajos torcidos que nunca
de apretados capullos se visten…
Por eso,
cada vez que yo paso a su lado
digo procurando
hacer dulce y alegre mi canto:
"Es la higuera el más bello
de los árboles todos del huerto."
Si ella escucha,
si comprende el idioma en que hablo,
¡Qué dulzura tan honda hará nido
en su alma sensible de árbol!

Y tal vez, a la noche,
cuando el viento abanique su copa,
embriagada de gozo le cuente:
"¡Hoy a mí me dijeron hermosa!"

LA MARIPOSA
Akarida Moritake

¿Otra vez en el tallo se posa
la flor desprendida?
   ¡Virtud milagrosa!
Pero no es una flor;
   es una mariposa.

LA CABRA

Oscar Castro

La cabra suelta en el huerto
andaba comiendo albahaca.
Toronjil comió después,
y después tallos de malva.

Era blanca como un queso,
como la luna era blanca.
Cansada de comer hierbas,
se puso a comer retamas.

Nadie la vio, sino Dios.
Mi corazón la miraba.
Ella seguía comiendo
flores y ramas de salvia.
Se puso a balar después,
bajo la clara mañana.

Su balido era en el aire
un agua que no mojaba.
Se fue por el campo fresco,
camino de la montaña.
Se perfumaba de malvas
el viento cuando balaba.

LOS LAGARTOS

Federico García Lorca

El lagarto está llorando.
La lagarta está llorando.

El lagarto y la lagarta
con delantalitos blancos.

Han perdido sin querer
su anillo de desposados.

¡Ay, su anillito de plomo,
ay, su anillito plomado!

Un cielo grande y sin gente
monta en su globo a los pájaros.

El sol, capitán redondo,
lleva un chaleco de raso.

¡Miradlos qué viejos son!
¡Qué viejos son los lagartos!

¡Ay, cómo lloran y lloran!
¡Ay! ¡Ay! ¡Cómo están llorando!

EL BARRO
Federico Schiller

—¿Eres ámbar? —dijo un sabio
a un trozo de arcilla tosca
que halló al borde de una fuente—.
Debes serlo, pues tu aroma
tiene infinita dulzura,
y fragancia seductora.

—Soy de barro —dijo la arcilla,
con la humildad de la escoria—;
soy barro, barro mezquino;
pero en edad no remota
guardé, siendo tosco vaso,
¡un ramillete de rosas!

LA MAR Y LA FUENTE

Victor Hugo

Gota a gota caía lentamente,
sobre las ondas de la mar, sonoras,
desde las altas rocas, una fuente.

Y le dijo la mar: —¡Oh, tú, que lloras
esas líquidas perlas!,
¿por qué sobre mí vienes a verterlas?
Soy vasto, soy magnífico, soy fuerte…
Acabo donde el cielo al infinito
alza altivo sus bóvedas inmensas.
Soy grande, eres pequeño. ¿Acaso piensas
que yo te necesito?

Y al mar dijo la fuente:
—Lo que no tienes tú, lo que yo tengo,
sin gloria y sin rumor, modestamente,
¡oh piélago profundo! A darte vengo.
¡Oh, no así me rechaces imprudente!
En tus olas amargas y sombrías,
no hay una sola gota transparente
que se pueda beber como las mías…

LLUVIA DE VERANO
Julio Barrenechea

En puntillas.
Silenciosa,
cae el agua,
temerosa

Ala fresca.
Ala del cielo
Que leve a la tierra
roza

La lluvia
se va a caer
y parece
que se evoca

Agua
que casi no canta
Agua
que casi no moja

En la tarde
del verano
una estrella
se deshoja

DADME

Walt Whitman

Dadme el espléndido sol asaetando
    en el total deslumbramiento de sus rayos.
Dadme el jugoso fruto del otoño
    recogido maduro y verde en el vergel.
Dadme un campo
    donde la hierba crezca vigorosa.
Dadme un árbol,
    dadme los racimos en el parral.
Dadme el maíz y el trigo nuevos;
dadme los animales que se mueven con serenidad
    y enseñan la conformidad.
Dadme tarde de absoluto silencio
    en las que pueda elevar los ojos a los astros.
Dadme un jardín con flores que perfumen la aurora,
    donde pueda pasearme tranquilo.
Dadme una vida doméstica y campestre.
Dadme la naturaleza.
Restitúyeme, ¡oh naturaleza!
    Tus sanas primitividades.

LA DEL ALBA
Adriano del Valle

En el campo el alba
va intentando el día,
descubriendo el nido
de la golondrina,
la trucha en el río,
la nieve en la cima…

Cuando cante el gallo
en la amanecida,
como un ascua de oro
todo se encandila.

El agua en la aceña
pasaba y molía
ha más de cien años,
y así es todavía.

Este mismo trigo
que hoy es flor de harina,
ayer fue, en las hazas,
brote de semilla.

Así pasa el tiempo
molido a maquila.

"DAME LA MANO…"

(Infancia y juventud)

DAME LA MANO
Gabriela Mistral

Dame la mano y danzaremos,
dame la mano y me amarás.
Como una sola flor seremos,
como una flor y nada más.

El mismo verso cantaremos,
el mismo paso bailarás.
Como una espiga ondularemos,
como una espiga y nada más.

Te llamas Rosa y yo Esperanza,
pero tu nombre olvidarás,
porque seremos una danza
en la colina y nada más.

¿EN DÓNDE TEJEMOS LA RONDA?

Gabriela Mistral

¿En dónde tejemos la ronda?
¿La haremos a orillas del mar?
El mar danzará con mil olas
haciendo una trenza de azahar.

¿La haremos al pie de los montes?
El monte nos va a contestar.
¡Será cual si todas quisiesen
las piedras del mundo cantar!

¿La haremos mejor en el bosque?
Él va voz y voz a mezclar,
y cantos de niños y de aves
se irán en el viento a besar.

¡Haremos la ronda infinita:
la iremos al bosque a trenzar,
la haremos al pie de los montes
y en todas las playas del mar!

EN LAS PLAYAS
Rabindranath Tagore

En las playas de todos los mundos
se reúnen los niños.
El cielo infinito se calma sobre sus cabezas;
el agua impaciente, se alborota.
En las playas de todos los mundos
se reúnen los niños, y gritan y bailan.

En las playas de todos los mundos
los niños juegan.
Hacen casitas de arena y, sonriendo
botan su barco, una hoja seca,
en la inmensa profundidad.

No saben nadar.
No saben echar la red.
Mientras el pescador de perlas se sumerge por ellas
y el mercader navega en sus navíos,
los niños no buscan tesoros.
Sólo tiran piedrecillas.

En las playas de todos los mundos
se reúnen los niños.
Rueda la tempestad por el cielo sin caminos,

los barcos naufragan en el mar sin rutas.
En las playas de todos los mundos
se reúnen los niños y juegan.

(Fragmento. Adaptación)

CUANDO ESCUCHO VUESTROS CANTOS

Henry Longfellow

Venid, buenos amiguitos;
cuando escucho vuestros cantos,
cuando miro vuestro juego,
mis pesares huyen luego.

Pues me abrís ancha ventana,
y a la luz de la mañana
miro el agua cristalina
y la inquieta golondrina.

Vuestras almas inocentes
tienen pájaros y fuentes;
vuestros libres pensamientos
son cual hondas, son cual vientos.

Sin vosotros, pequeñuelos,
mensajeros de los cielos,
¡cuán estéril, cuán sombría
la existencia me sería!

Con vosotros comparadas,
poco valen las baladas,
las poéticas leyendas,
las ficciones estupendas.

Que la historia es sombra incierta
y los libros letra muerta;
vuestra cándida alegría
es viviente poesía.

(Fragmento)

LA FLOR DE LA CHAMPACA

Rabindranath Tagore

Oye, madre:
si, sólo por jugar, ¿eh?
me convirtiera yo en una flor de champaca,
y me abriera en la ramita más alta de aquel árbol,
y me meciera en el viento riéndome,
y bailara sobre las hojas nuevas...
¿sabrías tú que era yo, madre mía?

Tú me llamarías:
—Niño, ¿dónde estás?
Y yo me reiría para mí
y me quedaría muy quieto.
Abriría muy despacito mis pétalos
y te vería trabajar.

(Fragmento)

MIEDO
Gabriela Mistral

Yo no quiero que a mi niña
golondrina me la vuelvan.
Se hunde volando en el Cielo
y no baja hasta mi estera.
En el alero hace nido
y mis manos no la peinan.
Yo no quiero que a mi niña
golondrina me la vuelvan.
Yo no quiero que a mi niña
la vayan a hacer princesa.
Con zapatitos de oro,
¿cómo juega en las praderas?
Y cuando llegue la noche
a mi lado no se acuesta…
Yo no quiero que a mi niña
la vayan a hacer princesa.
Y menos quiero que un día
me la vayan a hacer reina.
La pondrían en un trono
o donde mis pies no llegan.
Cuando viniese la noche
yo no podría mecerla…
¡Yo no quiero que a mi niña
me la vayan a hacer reina!

HUÉRFANO
Giovanni Pascoli

Lenta la nieve cae, cae, cae…
Se oye un mecer de cuna acompasado;
con el dedo en la boca llora un nene;
una pálida anciana está a su lado.

"En torno de la cuna hay rosas, lirios,
todo un jardín", le canta soñolienta.
En el jardín el niño se adormece;
la nieve cae, lenta, lenta, lenta…

INFANCIA
Antonio A. Gil

Se encontraron en la plaza
por primera vez, y ya
como viejos conocidos
comenzaron a jugar,
y por una bagatela
se pegaron sin piedad.

Terminada la contienda,
cada cual se fue a su hogar
incubando la venganza
más terrible y ejemplar,
y al hallarse, al otro día,
… ¡se pusieron a jugar!

TODO ES RONDA
Gabriela Mistral

Los astros son ronda de niños,
jugando la tierra a mirar...
Los trigos son talles de niñas
jugando a ondular..., a ondular...

Los ríos son rondas de niños
jugando a encontrarse en el mar...
Las olas son rondas de niñas,
jugando este mundo a abrazar.

EL NIÑO EN EL POZO
Johan Petter Hebbel

Ama, el niño está despierto;
hay que levantarse, ama;
ya cantan los pajaritos,
y el sol calienta las ramas.

Ama, el niño está en el suelo;
ama, que el niño se escapa;
va corriendo por la huerta,
camino del pozo, ama.

Ama, que el pozo es profundo;
de coger flores se cansa
y ya en el pretil se apoya
y mira el fondo del agua.

Ve que otro niño le mira
y no se sorprende, ama
y aunque es él, como lo ignora,
le echa besos a la cara.

Cuanto más se inclina el niño,
la imagen del fondo avanza;
"Va a subir" el niño piensa,
"O acaso me dice: Baja".

Las flores de entre sus manos
una tras otra se escapan,
y al caer hunden la imagen
en círculos transformada.

"Se ha sumido", piensa entonces.
Ante la idea se espanta;
siente un raro escalofrío
y vuelve corriendo a casa.

OJITOS DE PENA…

Max Jara

Ojitos de pena,
carita de luna,
lloraba la niña
sin causa ninguna.

La madre cantaba,
meciendo la cuna:
"No llore sin pena,
carita de luna".

Ojitos de pena,
carita de luna,
la niña lloraba
amor sin fortuna.

—"¡Qué llanto de niña!
sin causa ninguna",
pensaba la madre
como ante la cuna.
—"¡Qué sabe de pena,
carita de luna!"

Ojitos de pena,
carita de luna,
ya es madre
la niña que amó sin fortuna;
y al hijo consuela
meciendo la cuna:

—"No llore, mi niño,
sin causa ninguna;
no ve que me apena,
carita de luna".

Ojitos de pena,
carita de luna,
abuela es la niña
que lloró en la cuna.

Muriéndose, llora
su muerte importuna.
—"¿Por qué llora, abuela,
sin causa ninguna?"

Llorando las propias,
¿quién vio las ajenas?
Mas todas son penas,
carita de luna.

SOLIDARIDAD HUMANA
Paul Fort

Si todas las mozas del mundo
la mano se quisieran dar
en torno del mar un gran corro
se podría con ellas formar.
Si todos los mozos del mundo
quisieran hacerse marinos
se podría formar con sus barcas
un larguísimo y sólido puente.
Y entonces en torno del mundo
un corro se podría formar
si todos los mozos y mozas
la mano se quisieran dar.

CANCIÓN DEL DÍA FELIZ

J. Torres Bodet

Para que dé su fruto el día
y la mañana dé provecho
¡hay que llenarnos de alegría
y henchirnos de música el pecho!

Para llenar la troj del día
con el grano de un trigo blando,
despertemos con alegría
y vivamos como jugando:
¡hay una flor en la alegría
que sólo se corta cantando!

Para que Dios nos haga el día
suave y ameno como un don,
hay que verlo con alegría:
todo en el ánimo del día,
es un pretexto a la canción,
invitación a la alegría…
Todo en el día es como un don.

Como el trigal de la alquería,
hecho de aroma y de color,
se extiende, en torno del alma mía,
la dulce claridad del día,
del día blanco del amor.

Y nada rompe esa alegría:
diáfano o gris, nublado o no,
hay en la flor de cada día
como una esencia de armonía,
un argumento de alegría
y un tono amable de canción.
Todo en el ánimo del día
es una ronda de ilusión...

"Llaman a la puerta, madre..."

(Amor y olvido)

BALADA DE AMOR
Francisco Villaespesa

—Llaman a la puerta, madre. ¿Quién será?
—El viento, hija mía, que gime al pasar.
—No es el viento, madre. ¿No oyes suspirar?
—El viento que al paso deshoja un rosal.
—No es el viento, madre. ¿No escuchas hablar?
—El viento que agita las olas del mar.
—No es el viento. ¿Oíste una voz gritar?
—El viento que al paso rompió algún cristal.
—Soy el amor —dicen— que aquí quiere entrar…
—Duerme, hija mía… es viento no más.

AMOR ETERNO
Gustavo Adolfo Bécquer

Podrá nublarse el sol eternamente;
podrá secarse en un instante el mar;
podrá romperse el eje de la tierra
como un débil cristal.

¡Todo sucederá! Podrá la muerte
cubrirme con su fúnebre crespón;
pero jamás en mí podrá apagarse
la llama de tu amor.

SONETO AMOROSO DEFINIENDO EL AMOR

Francisco de Quevedo

Es hielo abrasador, es fuego helado,
es herida que duele y no se siente,
es un soñado bien, un mal presente,
es un breve descanso muy cansado.

Es un descuido que nos da cuidado,
un cobarde, con nombre de valiente,
un andar solitario entre la gente,
un amar solamente ser amado.

Es una libertad encarcelada,
que dura hasta el postrero parasismo;
enfermedad que crece si es curada.

Este es el niño Amor, éste es su abismo.
¡Mirad cuál amistad tendrá con nada
el que en todo es contrario de sí mismo!

EL VIAJE
Antonio Machado

—Niña, me voy a la mar.
—Si no me llevas contigo,
te olvidaré, capitán.

En el puente de su barco
quedó el capitán dormido;
durmió soñando con ella:
¡Si no me llevas contigo!...

Cuando volvió de la mar
trajo un papagayo verde.
¡Te olvidaré, capitán!
Y otra vez la mar cruzó
con su papagayo verde,
¡Capitán, ya te olvidó!

YO TENÍA UN ANILLO
Juan Guzmán Cruchaga

Yo tenía un anillo
de cristal
Porque era frágil lo quería
y no lo tengo ya.

El anillo quebrado
o perdido en el mar
pesa ahora en mi dedo
mucho más.

Yo tenía un anillo
de cristal
y el que ahora tengo
¿de qué será?

Desaparece si lo miro
Si no lo miro siento su metal
o su materia fría
Mi anillo de nostalgia no se me perderá

CANCIÓN INGENUA
Juan Guzmán Cruchaga

La rosa blanca lo espera
con sus brazos de fragancia.
Pero aunque el amor lo quiera,
no lo quiere la distancia.

Al extremo del jardín,
lejos de la enamorada,
desesperado el jazmín
la besa con la mirada;

Y la rosa, que medita
meditaciones de rosa,
como una carta exquisita
le envía una mariposa.

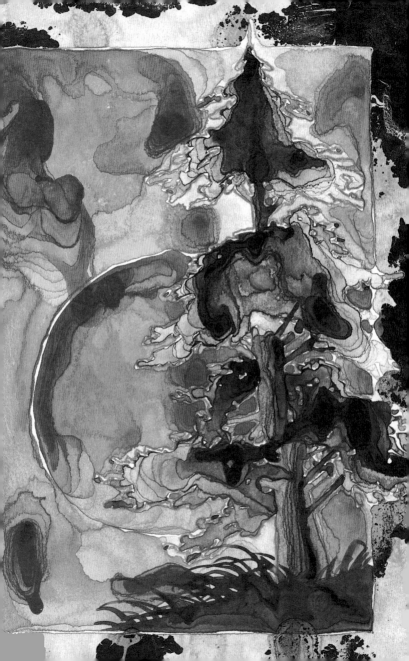

MADRIGAL

Gutierre de Cetina

Ojos claros, serenos.
si de un dulce mirar sois alabados.
¿por qué, si me miráis, miráis airados?
Si cuando más piadosos,
más bellos parecéis a aquel que os mira
no me miréis con ira.
porque no parezcáis menos hermosos.
¡Ay tormentos rabiosos!
Ojos claros, serenos,
ya que así me miráis, miradme al menos.

TONADA

Leopoldo Lugones

Las tres hermanas de mi alma
novio salen a buscar.
La mayor dice: —Yo quiero,
quiero un rey para reinar.
Esa fue la favorita,
favorita del sultán.
La segunda dice: —Yo
un sabio de verdad,
que en juventud y hermosura
me sepa inmortalizar.
Esa se casó con el mago
de la ínsula de cristal.
La pequeña nada dice,
sólo acierta a suspirar.
Ella es de las tres hermanas
la única que sabe amar.
No busca más que el amor
y no lo puede encontrar.

SI AUNQUE CIERRES MIS OJOS...

Rainer Maria Rilke

Si aunque cierres mis ojos he de verte.
Si aunque cierres mi oído he de escucharte.
Si te he de hablar, aun con la boca inerte.
Si aunque no tenga pies, iré a buscarte.

E irá a abrazarte, si no tengo brazos,
mi corazón, y si lo despedazas,
entonces mi cerebro latirá
y aun cuando me lo abraces, tu porfía
no te valdrá.
No te valdrá, porque la sangre mía
te llevará.

(Del *Libro de las horas*)

BALADA DEL PRÍNCIPE SOLO
Juan Guzmán Cruchaga

¡Cuánta nieve, pastorcita!
Ni la caricia más leve
se acerca a mi corazón.
¡Pastorcita, cuánta nieve!

Por un ramo de tus flores
diera mi palacio moro.
¡Cómo se angustia mi carne
bajo su túnica de oro!

Tan alto nací que nadie
puede acoger mi ternura.
Tú no conoces, pastora,
la soledad de la altura

las joyas de mis bargueños
me alejan de tu persona.
¡Cómo pesan los brillantes
azules de mi corona!

¡Oh, si pudiera vivir
en la paz de tus praderas,
humildemente aguardando,
pastora, que me quisieras!

CANCIÓN

Juan Guzmán Cruchaga

Alma no me digas nada,
que para tu voz dormida
ya está mi puerta cerrada.
Una lámpara encendida
esperó toda la vida
tu llegada.

Hoy la hallarás extinguida.

Los fríos de la otoñada
penetraron por la herida
de la ventana entornada.
Mi lámpara estremecida,
dio una inmensa llamarada.

Hoy la hallarás extinguida.

Alma, no me digas nada,
que para tu voz dormida
ya está mi puerta cerrada.

ROMANCE DE LA NIÑA QUE SE CASA CON OTRO

Luis Cané

Ayer, cuando me dijeron
que te casabas con otro,
guardé silencio un instante
por contener un sollozo;
sentí oprimírseme el pecho,
pasó un temblor por mis ojos,
retuve un hondo suspiro
y empalideció mi rostro.
Cambié de conversación
como se deshace un moño,
y, encubierto en la sonrisa
de un desdén discreto y sobrio,
dije que la vida es bella
y que hay que gastarla en gozo.
Pero en el fondo del alma
fue el rayo que hiende un tronco,
y en medio de la existencia
me sentí perdido y solo.
Mi amor, que estaba dormido,
volvió a despertar de pronto.
Fue un instante y fue la vida;
no fue nada y lo fue todo.

Anónimo

Conde Niño por amores
es niño y pasó la mar;
va a dar agua a su caballo
la mañana de San Juan.
Mientras el caballo bebe
él canta dulce cantar;
todas las aves del cielo
se paraban a escuchar:
caminante que camina
olvida su caminar,
navegante que navega
la nave vuelve hacia allá.
La reina estaba labrando,
la hija durmiendo está:
—Levantaos, Albaniña,
de vuestro dulce folgar,
sentiréis cantar hermoso
la sirenita del mar.
— No es la sirenita, madre,
la de tan bello cantar,
sino es el Conde Niño
que por mí quiere finar.
¡Quién le pudiese valer
en su tan triste penar!

—Si por tus amores pena,
¡oh, malhaya su cantar!
y porque nunca goce
yo le mandaré matar.
—Si le manda matar, madre,
juntos nos han de enterrar.
Él murió a la medianoche,
ella a los gallos cantar;
a ella como hija de reyes
la entierran en el altar,
a él como hijo de conde
unos pasos más atrás.
De ella nació un rosal blanco,
dél nació un espino albar;
crece el uno, crece el otro,
los dos se van a juntar;
las ramitas que se alcanzan
fuertes abrazos se dan,
y las que no se alcanzaban
no dejan de suspirar.
La reina llena de envidia
ambos los mandó cortar;
el galán que los cortaba
no cesaba de llorar.
De ella naciera una garza,
de él un fuerte gavilán,
juntos vuelan por el cielo,
juntos vuelan par a par.

BLANCA
José Antonio Soffia

De blanco estaba vestida
cuando en el baile la vi,
blanca como una azucena,
rindiendo a galanes mil...

De blanco estaba vestida
cuando en sus bodas la vi...
Su blanca mano de esposa
dar al hombre más feliz.

De blanco estaba vestida
cuando ya muerta la vi...
¡Pobre Blanca, que a los cielos
sus veinte años fue a cumplir!...

MUJER AMERICANA
Fidel Sepúlveda

Agua para mi sed,
flor en la arena,
rocío en el verano,
y alma de mi alma
centinela.
Luz en la noche,
temblor de estrella,
regazo para el sueño,
y alma de mi alma
centinela.
Mano para mi sien,
pan en la mesa,
lumbre de tus entrañas,
y alma de mi alma
centinela.
Armonía del aire,
flor de tus venas,
rumor del mediodía,
y alma de mi alma
centinela.
Desde antes del antes
luz en la niebla,
bullente como el vino,
y aroma de mi alma,
compañera.

VOLVERÁN LAS OSCURAS GOLONDRINAS
Gustavo Adolfo Bécquer

Volverán las oscuras golondrinas
en tu balcón sus nidos a colgar,
y otra vez con el ala a sus cristales
jugando, llamarán;
pero aquéllas que el vuelo refrenaban
la hermosura y mi dicha al contemplar,
aquéllas que aprendieron nuestros nombres,
ésas... ¡no volverán!

Volverán las tupidas madreselvas
de tu jardín las tapias a escalar,
y otra vez a la tarde, aún más hermosas,
sus flores se abrirán;
pero aquéllas, cuajadas de rocío,
cuyas gotas mirábamos temblar
y caer, como lágrimas del día...
ésas... ¡no volverán!

Volverán del amor en tus oídos
las palabras ardientes a sonar;
tu corazón de su profundo sueño
tal vez despertará;
pero mudo y absorto y de rodillas,
como se adora a Dios ante su altar,
como yo te he querido... desengáñate,
¡así no te querrán!

BALADA

Gabriela Mistral

Él pasó con otra;
yo le vi pasar.
Siempre dulce el viento
y el camino en paz.
¡Y estos ojos míseros
le vieron pasar!

Él va amando a otra
por la tierra en flor.
Ha abierto el espino;
pasa una canción.
¡Y él va amando a otra
por la tierra en flor!

Él besó a la otra
a orillas del mar;
resbaló en las olas
la luna de azahar.
¡Y no untó mi sangre
la extensión del mar!

Él irá con otra
por la eternidad.
Habrá cielos dulces.

(Dios quiere callar)
¡Y él irá con otra
por la eternidad!

MALAGUEÑAS
Manuel Machado

Porque me veas con otra,
no dudes de mi querer.
la sangre se da mil veces
y el corazón una vez.

No vuelvo a verte en la vida,
ni por tu calle pasar.
Tu carita con la mía
no se vuelven a juntar.

Las penas que tú me das
son penas y no son penas,
que tienen cositas malas
y tienen cositas buenas.

Publica la enfermedad
aquél que espera el remedio.
Yo no pregono mis males,
porque curarme no quiero.

¿Para qué quieren oír
y para qué quieren ver,
oídos que no la escuchan,
ojitos que no la ven?

LA NIÑA DE GUATEMALA

José Martí

Quiero, a la sombra de un ala,
Contar este cuento en flor:
La niña de Guatemala,
La que se murió de amor.

Eran de lirios los ramos,
Y las orlas de reseda
Y de jazmín: la enterramos
En una caja de seda.

…Ella dio al desmemoriado
Una almohadilla de olor:
Él volvió, volvió casado:
Ella se murió de amor.

Iban cargándola en andas
Obispos y embajadores:
Detrás iba el pueblo en tandas,
Todo cargado de flores.

…Ella, por volverlo a ver,
Salió a verlo al mirador:
Él volvió con su mujer:
Ella se murió de amor.

Como de bronce candente
Al beso de despedida
Era su frente ¡la frente
Que más he amado en mi vida!

… Se entró de tarde en el río,
La sacó muerta el doctor:
Dicen que murió de frío:
Yo sé que murió de amor.

Allí, en la bóveda helada,
La pusieron en dos bancos:
Besé su mano afilada,
Besé sus zapatos blancos.

Callado, al oscurecer,
Me llamó el enterrador:
¡Nunca más he vuelto a ver
A la que murió de amor!

CANCIÓN DE LA QUE VA A MORIR
Maurice Maeterlinck

—Por acaso, si vuelve un día
    ¿qué le contaré?
—Le contarás que hasta la muerte
    siempre le esperé.

—¿Y si no me conoce y sigue
    inquiriendo más?…
—Contéstale como una hermana,
    él sufre quizás.

—Si pregunta por ti, ¿qué cosa
    hay que contestar?
—Le darás mi anillo de oro
    sin decirle más.

—Si pregunta ¿por qué se halla
    la sala desierta?
—Enséñale la lámpara apagada
    y la puerta abierta.

—¿Si sobre el instante postrero
    quiere preguntar?
—Respóndele que he sonreído…
    No vaya a llorar.

"Nada te turbe…"

(Serenidad, melancolía, espiritualidad)

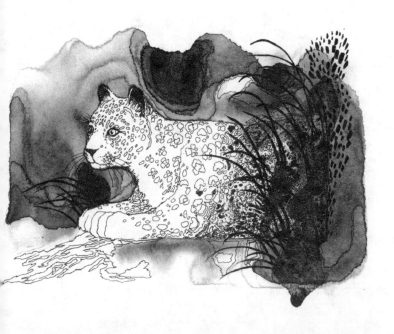

NADA TE TURBE
Santa Teresa de Ávila

Nada te turbe,
nada te espante,
todo se pasa,
Dios no se muda,
la paciencia,
todo lo alcanza;
quien a Dios tiene
nada le falta;
sólo Dios basta.

ALABANZAS DE LAS CRIATURAS

Francisco de Asís

Alabado seas, mi Señor, con todas tus criaturas,
especialmente el señor Sol, hermano mío,
quien trae el día, y Tú iluminas a través de él;
y él es hermoso y radiante, con gran esplendor;
a Ti, Altísimo, te representa.

Alabado seas, mi Señor, por la señora Luna
y las estrellas:
en el cielo las formaste claras, preciosas y bellas.

Alabado seas, mi Señor, por la hermana Agua
que es muy útil y humilde, preciosa y casta.

Alabado seas, mi Señor, por el hermano Fuego,
mediante el cual nos iluminas por la noche
y él es bello y jocoso; robusto y fuerte.

Alabado seas, mi Señor, por nuestra hermana:
la Madre Tierra,
que nos alimenta y gobierna
y produce diversos frutos con flores coloreadas
y hierba.

Alabado seas, mi Señor, por aquellos que perdonan
por amor tuyo

y soportan enfermedad y tribulación.
Dichosos aquellos que sufrirán en paz,
porque serán coronados por Ti, Altísimo.

Alabad y bendecid a mi Señor y agradecedle
y servidlo con gran humildad.

(Fragmento)

UN AMIGO
José Martí

Tiene el leopardo un abrigo
en su monte seco y pardo.
Yo tengo más que el leopardo
porque tengo un amigo.

Tiene el conde su abolengo,
tiene la aurora el mendigo,
tiene ala el ave. Yo tengo
allá en México un amigo.

Tiene el señor presidente
un jardín con una fuente
y un tesoro en oro y trigo:
tengo más, tengo un amigo.

SI

Rudyard Kipling

Si puedes conservar tu cabeza, cuando a tu alrededor
    todos la pierden y te cubren de reproches;
Si puedes tener fe en ti mismo, cuando duden de ti
    los demás hombres, y ser indulgente para su duda;
Si puedes esperar, y no sentirte cansado por la espera;
Si puedes, siendo blanco de falsedades,
    no caer en la mentira;
Y si eres odiado, no devolver el odio;
    sin que te creas, por eso, ni demasiado bueno
    ni demasiado cuerdo.
Si puedes soñar,
    sin que los sueños imperiosamente te dominen;
Si puedes pensar,
    sin que los pensamientos sean tu objeto único;
Si puedes enfrentarte al triunfo y al desastre,
    y tratar de la misma manera a esos dos
                        [impostores;
Si eres capaz de juntar, en uno solo, tus triunfos y
                        [ganancias
    y arriesgarlos, a cara o cruz, en una sola vuelta;
Y si perdieras, empezar otra vez, como cuando
                       [empezaste,
    sin quejarte nunca de la pérdida;
Si puedes hablar con multitudes
    y conservar tu virtud;

Si puedes alternar con reyes
    y no perder tus comunes rasgos;
Si nadie, ni amigos ni enemigos,
    puede causarte daño;
Si todos los hombres pueden contar contigo,
    pero ninguno demasiado;
Tuya será la tierra, y cuanto ella contenga,
Y—lo que vale más— ¡será un hombre, hijo mío!

                         (Fragmento)

ANOCHE CUANDO DORMÍA...

Antonio Machado

Anoche, cuando dormía,
soñé, ¡bendita ilusión!
que una fontana fluía
dentro de mi corazón.
Di, ¿por qué acequia, escondida
agua, vienes hasta mí,
manantial de nueva vida
en donde nunca bebí?
Anoche, cuando dormía,
soñé, ¡bendita ilusión!,
que una colmena tenía
dentro de mi corazón;
y las doradas abejas
iban fabricando en él,
con las amarguras viejas,
blanca cera y dulce miel.
Anoche, cuando dormía,
soñé ¡bendita ilusión!,
que un ardiente sol lucía
dentro de mi corazón.
Era ardiente porque daba
calores de rojo hogar,
y era sol porque alumbraba
y porque hacía llorar.

Anoche, cuando dormía,
soñé, ¡bendita ilusión!,
que era Dios lo que tenía
dentro de mi corazón.

CARIDAD

Antonio Bórquez Solar

Tiende la mano al pobre y al caído;
no seas duro ante el sufrir ajeno.
Haz de tu corazón un tierno nido
de amor para el humilde y para el bueno.

Parte tu pan con el que no ha comido;
al ignorante apártalo del cieno;
cubre al desnudo y al que va aterido;
sé como un cofre de virtudes lleno.

Es hermoso y muy dulce hacer el bien,
sin la ambición de un premio en el futuro.
Está en nosotros mismos el edén,
tal un diamante, sin pulir, oscuro.

Pule con fe tu espiritual diamante
y tendrá luces y placer bastante.

DÉCIMA
Antonio A. Gil

Tiende la mano al vecino
porque sí, con elegancia;
que no todo sea ganancia
a lo largo del destino.
Cambia de sabor el vino
cuando no hay con quien brindar.

¿Qué harás con atesorar
y ser opulento en bienes,
si no ejerces, si no tienes
el bien supremo de dar?

ESCRITO AL PIE DE UN CRUCIFIJO
Victor Hugo

Tú que lloras,
acude a este Dios porque Él llora.

Tú que sufres,
acude junto a Él porque sana.

Tú que tiemblas,
acude a este Dios que sonríe.

Tú que pasas,
acude junto a Él que permanece.

SONETO

Lope de Vega

¿Qué tengo yo, que mi amistad procuras?
¿Qué interés se te sigue, Jesús mío,
que a mi puerta, cubierto de rocío,
pasas las noches del invierno oscuras?

¡Oh, cuánto fueron mis entrañas duras,
pues no te abrí! ¡Qué extraño desvarío
si de mi ingratitud el hielo frío
secó las llagas de tus plantas puras!

¡Cuántas veces el ángel me decía:
"Alma, asómate ahora a la ventana;
verás con cuánto amor llamar porfía!..."

¡Y cuántas, hermosura soberana,
"Mañana le abriremos" —respondía—,
para lo mismo responder mañana!

NADA

Carlos Pezoa Véliz

Era un pobre diablo que siempre venía
cerca de un gran pueblo donde yo vivía;
joven, rubio y flaco, sucio y mal vestido,
siempre cabizbajo... Tal vez un perdido!
Un día de invierno lo encontraron muerto
dentro de un arroyo próximo a mi huerto,
varios cazadores que con sus lebreles
cantando marchaban... Entre sus papeles
no encontraron nada... Los jueces de turno
hicieron preguntas al guardián nocturno:
éste no sabía nada del extinto;
ni el vecino Pérez, ni el vecino Pinto.

Una chica dijo que sería un loco
o algún vagabundo que comía poco,
y un chusco que oía las conversaciones
se tentó de risa... Vaya unos simplones!
Una paletada le echó el panteonero;
luego lió un cigarro, se caló el sombrero
y emprendió la vuelta... Tras la paletada,
¡nadie dijo nada, nadie dijo nada!...

LA PEQUEÑA ELEGÍA
Óscar Castro

Por el valle claro
vienen a enterrar
al hombre que nunca
divisó la mar.

Era un campesino
de lento mirar,
mediero tranquilo
de la soledad.

Cosechó trigos
de ajena heredad
y se fue apagando
corazón en paz.

Era casi tierra,
casi claridad,
casi transparente
rama de verdad.

Tuvo una alegría
la de cosechar.
Tuvo una tristeza:
ya no sabe cuál.

Por el valle claro
lo despedirán
tréboles y alfalfas
de verde mirar.

Aguas del estero
dirán un cantar
por el campesino
que nunca vio el mar.

CUENTAN DE UN SABIO…

Pedro Calderón de la Barca

Cuentan de un sabio que un día
tan pobre y mísero estaba,
que sólo se sustentaba
de unas hierbas que cogía.
¿Habrá otro (entre sí decía)
más pobre y triste que yo?
Y, cuando el rostro volvió,
halló la respuesta, viendo
que iba otro sabio cogiendo
las yerbas que él arrojó.

Quejoso de mi fortuna
yo en este mundo vivía,
y cuando entre mí decía:
¿Habrá otra persona alguna
de suerte más importuna?
Piadoso me has respondido.
Pues, volviendo en mi sentido,
hallo que las penas mías,
para hacerlas alegrías,
las hubieras recogido.

REÍR LLORANDO

Juan de Dios Peza

Viendo a Garrick, actor de la Inglaterra,
el pueblo al aplaudirlo le decía:
—Eres el más gracioso de la tierra,
y el más feliz…
Y el cómico reía.
Víctimas del *spleen** los altos lores,
en sus noches más negras y pesadas
iban a ver al rey de los actores,
y cambiaban su *spleen* en carcajadas.
Una vez ante un médico famoso
llegóse un hombre de mirar sombrío
—Sufro —le dijo— un mal espantoso
como esta palidez del rostro mío.
Nada me causa encanto ni atractivo:
no me importa mi nombre ni mi suerte.
En un eterno *spleen* muriendo vivo
y es mi única pasión la de la muerte.
—Viajad y os distraeréis.
　　　　　—Tanto he viajado.
—Las lecturas buscad.
　　　　　—Tanto he leído.

*Spleen: palabra inglesa que se usaba antiguamente para
referirse al aburrimiento y a la tristeza profunda que sufrían
algunas personas.

—Que os ame una mujer.
　　　—Si soy amado.
—Un título adquirid.
　　　—Noble he nacido.
—Pobre seréis quizás.
　　　—Tengo riquezas.
—¿De lisonjas gustáis?
　　　—Tantas escucho.
—¿Qué tenéis de familia?
　　　—Mis tristezas.
—¿Vais a los cementerios?
　　　—Mucho..., mucho.
—¿De vuestra vida actual tenéis testigos?
—Sí, mas no dejo que me impongan yugos;
yo les llamo a los muertos mis amigos,
y les llamo a los vivos mis verdugos.
—Me deja —agregó el médico— perplejo
vuestro mal: mas no debo acobardaros,
tomad hoy por receta este consejo:
sólo viendo a Garrick podéis curaros.
—¿A Garrick?
—Sí, a Garrick...La más remisa
y austera sociedad le busca ansiosa;
todo aquel que lo ve, muere de risa;
tiene una gracia artística asombrosa.
—¿Y a mí me hará reír?
—Oh sí, os lo juro;
él, sí, nadie más que él;...mas ¿qué os inquieta?

—Así —dijo el enfermo— no me curo;
yo soy Garrick, cambiadme la receta.

Cuántos hay que cansados de la vida,
enfermos de pesar, muertos de tedio,
hacen reír como el actor suicida,
sin encontrar para su mal remedio.

¡Oh, cuántas veces al reír se llora!
nadie en lo alegre de la risa fíe,
porque en los seres que el dolor devora,
el alma llora cuando el rostro ríe.

El carnaval del mundo engaña tanto
que las vidas son breves mascaradas;
¡aquí aprendemos a reír con llanto
y también a llorar con carcajadas!

DÉCIMAS ENCARCELADAS
Fidel Sepúlveda

> *Preso en la cárcel estoy*
> *No llores, madre, por eso.*
> *Que no soy el primer preso,*
> *Ni dejo de ser quien soy.*

(Cuarteta tradicional)

Preso en la cárcel estoy
estos grillos me encadenan,
mi inocencia me condena
a llegar adonde voy.
Lo que me quitan les doy.
Nadie de aquí sale ileso.
Me pongo hueso por hueso
y con eso me levanto.
Al verme en quebranto tanto
No llores madre por eso.

No llores madre por eso.
Mayores cosas se han visto.
Pregúntenle a Jesucristo.
El Malo no está en receso.
A todo honor tiene acceso.
Por eso estoy donde estoy.
El mismo de siempre soy
a pesar de estas cadenas.

Barro pá dentro mis penas:
Preso en la cárcel estoy.

Que no soy el primer preso
ni el último voy a ser,
demorara en florecer
su cicatriz el divieso.
Yo no me enturbio por eso.
Yo sigo siendo el que soy.
Al amanecer le doy
la bienvenida a la aurora;
como las aves cantoras
No dejo de ser quien soy.

No dejo de ser quien soy.
En nombre de la justicia
me condenó la injusticia.
A ninguno se la doy,
entre cadenas estoy
por un inicuo proceso,
para la vida en receso,
ya se acabaron mis días.
Pero un otrosí, Usía:
Yo no soy el primer preso.

LOS MOTIVOS DEL LOBO

Rubén Darío

EL varón que tiene corazón de lis,
Alma de querube, lengua celestial,
El mínimo y dulce Francisco de Asís,
Está con un rudo y torvo animal.
Bestia temerosa, de sangre y de robo,
Las fauces de furia, los ojos de mal:
El lobo de Gubbia, el terrible lobo,
Rabioso ha asolado los alrededores,
Cruel ha deshecho todos los rebaños;
Devoró corderos, devoró pastores,
Y son incontables sus muertes y daños.

Fuertes cazadores armados de hierros
Fueron destrozados. Los duros colmillos
Dieron cuenta de los más bravos perros,
Como de cabritos y de corderillos.

Francisco salió:
Al lobo buscó
En su madriguera.
Cerca de la cueva encontró a la fiera,
Enorme, que al verle se lanzó feroz
Contra él. Francisco, con su dulce voz,
Alzando la mano

Al lobo furioso dijo:—¡*Paz, hermano
Lobo!* El animal
Contempló al varón de tosco sayal;
Dejó su aire arisco,
Cerró las abiertas fauces agresivas,
Y dijo:—¡Está bien, hermano Francisco!
—¡Cómo!—exclamó el santo.—¿Es ley que tú vivas
De horror y de muerte?
La sangre que vierte
Tu hocico diabólico, el duelo y espanto
Que esparces, el llanto
De los campesinos, el grito, el dolor
De tanta criatura de Nuestro Señor,
¿No han de contener tu encono infernal?
¿Vienes del infierno?
¿Te ha infundido acaso su rencor eterno
Luzbel o Belial?
Y el gran lobo, humilde:— ¡Es duro el invierno
Y es horrible el hambre! En el bosque helado
No hallé qué comer; y busqué el ganado,
Y en veces comí ganado y pastor.
¿La sangre? Yo vi más de un cazador
Sobre su caballo, llevando el azor
Al puño; o correr tras el jabalí,
El oso o el ciervo; y a más de uno vi
Mancharse de sangre, herir, torturar,
De las roncas trompas al sordo clamor,
A los animales de Nuestro Señor.
Y no era por hambre, que iban a cazar.

Francisco responde: —En el hombre existe
Mala levadura.
Cuando nace viene con pecado. Es triste.
Mas el alma simple de la bestia es pura.
Tú vas a tener
Desde hoy qué comer.
Dejarás en paz
Rebaños y gente en este país.
¡Que Dios melifique tu ser montaraz!
—Está bien, hermano Francisco de Asís.
—Ante el Señor, que todo ata y desata,
En fe de promesa tiéndeme la pata.
El lobo tendió la pata al hermano
De Asís, que a su vez le alargó la mano.
Fueron a la aldea. La gente veía
Y lo que miraba casi no creía.
Tras el religioso iba el lobo fiero,
Y, baja la testa, quieto le seguía
Como un can de casa, o como un cordero.

Francisco llamó la gente a la plaza,
Y allí predicó.
Y dijo: —He aquí una amable caza.
El hermano lobo se viene conmigo;
Me juró no ser ya nuestro enemigo,
Y no repetir su ataque sangriento.
Vosotros, en cambio, daréis su alimento
A la pobre bestia de Dios. —¡Así sea!
Contestó la gente toda de la aldea.

Y luego, en señal
De contentamiento,
Movió testa y cola el buen animal,
Y entró con Francisco de Asís al convento.

Algún tiempo estuvo el lobo tranquilo
En el santo asilo.
Sus vastas orejas los salmos oían
Y los claros ojos se le humedecían.
Aprendió mil gracias y hacía mil juegos
Cuando a la cocina iba con los legos.
Y cuando Francisco su oración hacía,
El lobo las pobres sandalias lamía.
Salía a la calle,
Iba por el monte, descendía al valle,
Entraba a las casas y le daban algo
De comer. Mirábanle como a un manso galgo.
Un día, Francisco se ausentó. Y el lobo
Dulce, el lobo manso y bueno, el lobo probo,
Desapareció, tornó a la montaña,
Y recomenzaron su aullido y su saña.
Otra vez sintióse el temor, la alarma,
Entre los vecinos y entre los pastores;
Colmaba el espanto los alrededores;
De nada servían el valor y el arma,
Pues la bestia fiera
No dio treguas a su furor jamás,
Como si tuviera
Fuegos de Moloch y de Satanás.

Cuando volvió al pueblo el divino santo,
Todos lo buscaron con quejas y llanto,
Y con mil querellas dieron testimonio
De lo que sufrían y perdían tanto
Por aquel infame lobo del demonio.

Francisco de Asís se puso severo.
Se fue a la montaña
A buscar al falso lobo carnicero.
Y junto a su cueva halló a la alimaña.
—En nombre del Padre del sacro universo,
Conjúrote, dijo, ¡oh lobo perverso!
A que me respondas: ¿Por qué has vuelto al mal?
Contesta. Te escucho.
Como en sorda lucha, habló el animal,
La boca espumosa y el ojo fatal:
—Hermano Francisco, no te acerques mucho …
Yo estaba tranquilo allá, en el convento;
Al pueblo salía,
Y si algo me daban estaba contento
Y manso comía.
Mas empecé a ver que en todas las casas
Estaban la Envidia, la Saña, la Ira.

Y en todos los rostros ardían las brasas
De odio, de lujuria, de infamia y mentira.
Hermanos a hermanos hacían la guerra,
Perdían los débiles, ganaban los malos,
Pues que todo era saña en aquella tierra,

Y un buen día todos me dieron de palos.
Me vieron humilde: lamía las manos
Y los pies. Seguía tus sagradas leyes;
Todas las criaturas eran mis hermanos:
Los hermanos hombres, los hermanos bueyes,
Hermanas estrellas y hermanos gusanos.
Y así, me apalearon y me echaron fuera,
Y su risa fue como un agua hirviente,
Y entre mis entrañas revivió la fiera,
Y me sentí lobo malo de repente;
Mas siempre mejor que esa mala gente.
Y recomencé a luchar aquí,
A me defender y a me alimentar,
Como el oso hace, como el jabalí,
Que para vivir tienen que matar.
Déjame en el monte, déjame en el risco,
Déjame existir en mi libertad.
Vete a tu convento, hermano Francisco;
Sigue tu camino y tu santidad.

El santo de Asís no le dijo nada.
Le miró con una profunda mirada,
Y partió con lágrimas y con desconsuelos,
Y habló al Dios eterno con su corazón.
El viento del bosque llevó su oración,
Que era: *Padre Nuestro, que estás en los cielos …*

VILLANCICO
Anónimo

Ya viene mi Niño
jugando en las flores,
y los pájaros cantan
todos sus amores.

Ya le despertaron
los pobres pastores,
y le van llevando
paja y más flores.

La paja está fría,
la cama está dura.
La Virgen María
ríe con ternura.

Ya no más se caen
todas las estrellas
a los pies del niño
más blanco que ellas.

El gallo en lo alto
ya se ha despertado,
la Virgen se asusta,
y el Niño ha llorado.

Yo te voy a hacer
una casa y techo,
huye de Belén,
te llevo en mi pecho.

DIME, NIÑO, ¿DE QUIÉN ERES?

Anónimo panameño

—Dime, Niño, ¿de quién eres
todo vestido de blanco?
—Soy de la Virgen María
y del Espíritu Santo.

—Dime, Niño, ¿quién eres?
—A mí me llaman Jesús.
¡Soy amor en el pesebre
y soy amor en la Cruz!

Resuenen con alegría
los cánticos de mi tierra,
y viva el Niño de Dios
que nació en la Nochebuena.

La Nochebuena ya viene,
la Nochebuena se irá;
y con nosotros se queda
Jesús y la Navidad.

EL SILBO DEL DALE
Miguel Hernández

Dale al aspa, molino
hasta nevar el trigo.

Dale a la piedra, agua
hasta ponerla mansa.

Dale al molino, aire
hasta lo inacabable.

Dale al aire, cabrero
hasta que silbe tierno.

Dale al cabrero, monte,
hasta dejarle inmóvil.

Dale al monte, lucero,
hasta que se haga cielo.

Dale Dios a mi alma
hasta perfeccionarla.

Dale que dale, dale
molino, piedra, aire,

cabrero, monte astro,
dale que dale largo.

Dale que dale, Dios,
¡Ay!
Hasta la perfección.

SUGERENCIAS PARA UNA LECTURA CREATIVA

BIENVENIDA POESÍA

"La poesía no se *entiende*. La poesía se *quiere*" —nos dice el poeta Miguel Arteche, Premio Nacional de Literatura. Y agrega—: O se debe *querer*.

En su libro *Llaves para la poesía* (Editorial Andrés Bello, 1984), Miguel Arteche nos cuenta que el poeta está siempre descubriendo nuevas imágenes, pues éstas se *gastan* con el tiempo. Hace muchos, muchísimos años, el poeta solía escribir "el oro de tu cabello", para referirse a una muchacha muy rubia; o bien, "tus manos de marfil" cuando quería expresar la blancura de unas manos... Pero, como decíamos, estas y muchas otras imágenes se usaron una y otra vez, y por eso el poeta tiene que inventar otras nuevas.

Te incluimos a continuación algunos versos. En su mayor parte, aunque no todos, aparecen en esta selección. Léelos y descubre las imágenes que los poetas crearon en ellos:

Dice la tarde: "Tengo sed de sombra"
(Federico García Lorca)

...jamás en mí podrá apagarse
la llama de tu amor
(Gustavo Adolfo Bécquer)

...es herida que duele y no se siente...
... es una libertad encarcelada
(Francisco de Quevedo, definiendo el amor)

Agua que casi no canta...
(Julio Barrenechea)

Verde, verderol,
¡endulza la puesta de sol!
(Juan Ramón Jiménez)

... para tu voz dormida
ya está mi puerta cerrada
(Juan Guzmán Cruchaga)

... alma de mi alma
centinela
(Fidel Sepúlveda)

Siempre dulce el viento
y el camino en paz.
(Gabriela Mistral)

Yo siento en el alma una alondra cantar....
(Rubén Darío)

Poesía eres tú.
(Gustavo Adolfo Bécquer)

Caminante no hay camino
se hace camino al andar
(Antonio Machado)

Songoro cosongo
songoro cosongo
(Nicolás Guillén)

Sube a nacer conmigo, hermano,
(Pablo Neruda)

...Lo vio la luz del día
lo vio la tarde pálida, lo vio la noche fría
(Rubén Darío)

Aguas del estero / dirán un cantar
por un campesino / que nunca vio el mar
(Oscar Castro)

¿Cuáles de estos versos te han gustado más?

Intenta una definición personal de *Poesía*. Puedes inspirarte en algunos de estos versos.

UN JUEGO PARA INVENTAR IMÁGENES

En el libro que hemos mencionado, Miguel Arteche propone un juego para inventar imágenes.

Pensemos en un círculo en cuyo centro estás tú.

En la parte más alejada de ti, están el sol, la luna, las estrellas.

Y entre el sol y tú hay muchas cosas. Primero y más cerca: tu boca, ojos, manos, brazos, dedos, etc. Un poco más allá, tu cama, tu pieza, la silla, la mesa, la ventana, la puerta. Y seguimos con la casa y todo lo que contiene.

Más allá están las calles, los jardines, los árboles, los pájaros, las flores, los cerros —cada cual con su nombre—, y así se podría llegar hasta el infinito.

Aquí te entregamos 80 palabras, numeradas:

1. Cabeza	21. Amor	41. Puente	61. Desierto
2. Corazón	22. Lápiz	42. Camino	62. Valle
3. Lengua	23. Camisa	43. Ciudad	63. Nieve
4. Ojos	24. Manga	44. Torre	64. Hielo
5. Manos	25. Zapatos	45. Tren	65. Fuego
6. Pies	26. Reloj	46. Avión	66. Aire
7. Boca	27. Vidrio	47. Barco.	67. Tierra
8. Labios	28. Casa	48. Pájaro	68. Mar
9. Cuello	29. Puerta	49 Viento	69. Luna
10. Piernas	30. Ventana	50. Lluvia	70. Estrellas
11. Cabello	31. Dormitorio	51. Día	71. Sol
12. Hueso	32. Jardín	52. Noche	72. Montaña
13. Dedos	33. Árbol	53. Mañana	73. Uvas
14. Sonrisa	34. Flor	54. Tarde	74. Trigo
15. Cintura	35. Mesa	55. Medianoche	75. Sal
16. Tobillo	36. Silla	56. Verano	76. Ola
17. Sienes	37. Cama	57. Primavera	77. Sueño
18. Párpados	38. Agua	58. Otoño	78. Gaviota
19. Padre	39. Pan	59. Invierno	79. Caballo
20. Madre	40. Vestido	60. Río	80. Aroma

Es fácil agregar muchas, todas las que quieras, pero ahora puedes comenzar el juego con éstas. Pide a tu mamá o a alguna otra persona que te diga un número del 1 al 80. Supongamos que te da el 4. Busca el 4 en las columnas: *Ojos*. Pídele ahora otro número. Supongamos que es el 71: allí aparece el *Sol*. Estas son las dos orillas de una imagen. Tú tienes que unirlas con un puente, es decir, tienes que lograr que las dos palabras tomen contacto. Podrías decir:

— *ojos como sol*
— *sol como ojos*
— los ojos del sol
— ojos de sol
— sol de los ojos
— el sol tiene ojos.

Como ejemplo, recordemos algunas imágenes de nuestros Premios Nobel:

De Gabriela Mistral
"Racimo de abejas"
"Cordillera de los Andes, Madre yacente y Madre que anda…"
"Racimo de sombra"

De Pablo Neruda
"Las rosas del océano", para referirse a la espuma de las olas del mar.
"Corazón del verano"
"El sol es el pan del cielo"

DICCIONARIO POÉTICO ABRACADABRA

Inventa un nuevo significado poético para cada una de las palabras que aparecen a continuación de los ejemplos. Para ello piensa, pero también ayúdate con tus sentimientos.

Ejemplos:
— Las gotas de lluvia son las lágrimas de los ángeles.
— La casa es el nido más seguro para los pájaros niños.

— El libro es el capitán del barco que te lleva a viajar por el mundo.
— El amor es el motor que enciende la felicidad.
— El mar es el espejo en el que se mira el cielo.

Y ahora, tú:
— La paloma es
— El perro es
— La noche es
— El sol
— El río
— La nube blanca
— La nube negra
— La piedra

PREGUNTAS POÉTICAS

Pablo Neruda escribió el *Libro de las Preguntas*, un libro maravilloso que se abre a miles de respuestas. Aquí te incluimos algunas de esas preguntas. Léelas atentamente e intenta contestarlas en forma original.

Por qué los inmensos aviones
no se pasean con sus hijos?

Cuál es el pájaro amarillo
que llena el nido de limones?

Por qué no enseñan a sacar
miel del sol a los helicópteros?

Dónde dejó la luna llena
su saco nocturno de harina?

Tú también puedes crear preguntas sobre aquellas cosas que te intrigan.
    Por ejemplo sobre:
a) El espejo   b) El arco iris   c) La sombra   d) Las arañas

ÍNDICE DE AUTORES

PEZA, JUAN DE DIOS (mexicano, 1852—1910)
Reír llorando

PEZOA VÉLIZ, CARLOS (chileno, 1879—1908)
Nada

POMBO, RAFAEL (colombiano, 1833—1912)
La pobre viejecita

QUEVEDO, FRANCISCO DE (español, 1580—1645)
Soneto amoroso definiendo el amor

RILKE, RAINER MARIA (austriaco, 1875—1926)
Si aunque cierres mis ojos…

SAAVEDRA, ROBINSON (chileno, 1907—1992)
Las palabras

SCHILLER, FRIEDRICH (alemán, 1759—1805)
El barro

SEPÚLVEDA, FIDEL (chileno, 1936—?)
Mujer americana
Décimas encarceladas

SOFFIA, JOSÉ ANTONIO (chileno, 1843—1886)
Blanca

TAGORE, RABINDRANATH (hindú, 1861—1941)
La flor de la champaca
En las playas

TALLÓN, JOSÉ SEBASTIÁN (argentino, 1904—1954)
Canción de las preguntas
Canción del niño que vuela

TERESA DE ÁVILA, SANTA (española, 1515—1582)
Nada te turbe

TOLSTOI, LEON (ruso, 1828—1910)
La princesa mariposa

TORRES BODET, J. (argentino, 1902—1974)
Árboles
Canción del día feliz

VEGA, LOPE DE (español, 1562—1635)
El congreso de ratones
Soneto

ÍNDICE

CANTAR DE MAÑANA... CANTAR LUMINOSO
(Cantares)

"ANDUVO... ANDUVO... ANDUVO..."
(Historias, romances, cuentos...)

"LLAMAN A LA PUERTA, MADRE…"
(Amor y olvido)

"NADA TE TURBE"
(Serenidad, melancolía, espiritualidad)